源流

横山季由歌集

現代短歌社

著者近影　於西山興隆寺（愛媛）

米や芋持ち寄り歌会をなしましき戦後間なく
土屋先生来まして

目次

平成二十二年

平成二十三年

源流

平成二十二年

飛鳥大仏

富本銭作りし炉跡のたまり水に飛沫《しぶき》をあげて遊ぶ鶺鴒

開け放つ御堂の奥より見据ゑます飛鳥大仏手を差しのべて

紅《あけ》仄かに暮れゆく空に二上山《ふたかみ》の二峰《ふたを》の黒く寂まりゆきぬ

ボランティアガイドに通ふ明日香の村頭上を
高く灰鷹《はひたか》は飛ぶ

生きをれば百十歳のけふの父か吾も還暦の齢
を過ぎて

高く叫び飛びたつ鵯は波打ちて吾が家の上を
渡りゆきたり

葦原を朱の足を立て緋秧鶏《ひくひな》来てあかき目鋭く
餌を拾ひあぐ

西表島《いりおもてじま》

八重山ヒルギの森陰深く水落の滝は直ちに海
潮に落つ

鮫多き海に真珠養殖の筏を浮かべ生業《なりはひ》となす

ハブの住む島の岬《さき》陰《かげ》に防空壕を掘りて潜みき
この村人ら

降る雨のなかを森陰深く去りし冠鷲《かんむりわし》のその
影を追ふ

特攻艇の格納庫の跡も弾薬庫の跡も残りぬ島
の南に

ブーゲンビリアの花を咲かせて学校あり先生
八人六名の児童

吾が塵を袋に詰めて持ち帰るこの島の環境守
らむ思ひに

モラルハラスメント

常は弱音を吐かぬ娘に余程のこと嫁ぎて初めて泣きて帰りぬ

手に余る荷物を下げ持ち戻りきぬ娘は離婚を心に決めて

定年後安けき日々を願ひしに娘は離婚をすると言ひ出づ

縒りを戻すと請ひ来て謝る夫をまへに言葉も
心も閉ざす娘は

その夫は改心を誓ひて必死なり心を閉ざす娘
のまへに

子を嫁にと請ひて来し日のさまはなくこころ
萎えゐて目の前に今

子の幸を願はぬ親はなかるべし離婚せむ娘を
迎へ入れやらむ

親吾らに告げずに一人耐へこしか娘は夫のモラルハラスメントに

挫けてはならぬ別れてしまへ嗚呼道子今ならまだまだやり直せるよ

生くる世は悪きことばかりならず斯かる悲しみを超えて生きゆけ

玄関にブーツや華やかな娘の靴置かれ再び暮すべくなりぬ

僧の影

回廊の舞台を走る僧の影火の粉飛び散る松明《たいまつ》の灯りに

松明の炎は風に煽られて火の粉を散らす舞台の下に

石段の上の白壁剝がれゐてここ知足院に猪股先生住まれき

木の根あらはに這ふ下ひとり訪ね来て今は亡
き君に会ふべくもなし

喜びて子規の柿食ひし宿の趾かここにて詠み
し句碑の立ちゐる

み仏の厚き唇紅さして今し歩まむと足浮かし
ます

水瓶《すいびやう》を少し傾けたまふ指百済観音楚々と立ち
ます

法隆寺飛天図の天女は飛翔せり乳房露に胸を
そらして

陸尽きて

涙する妻に隣りて吾が見入る入江少尉の絶筆
のあと

出撃を待つ間鉛筆の文字乱れこの手記を絶筆
に特攻に発ちき

出撃を前に子犬を抱く少年兵片道の燃料にて特攻機に発ちき

おほよそは鰻姓なる鰻村土屋先生の歌にて知りき

海桐花《とべら》の木を吹き鳴らしゆく風のあり熔岩転がる岬の果てに

大隅半島佐多の岬に陸尽きて屋久島めざす波高き海を

林芙美子が「月に三十五日降る」と書きし屋久島の雨に会ひたり

林芙美子の過ごしし宿も建ち変はり安房川の流れに沿へり

宿り木の馬酔木に花を咲かせつつ樹齢三千年の屋久杉は立つ

霧立ちて影絵のごとき山のさま見つつし下る屋久島の山を

岬二つ

妻と娘の皿に残しし料理にも吾が箸伸ばす昼ひとときを

桂浜潮《うしほ》たゆたふ渚べに憂ひもつ娘は石を拾ひぬ

曇る彼方に空とほのかに色分かち室戸岬は海に伸びたり

紺碧の波は高々巻きては寄せ白く砕けぬ海の
礁《いくり》に

足摺岬の果ての果てまで舗装して住みなす家
あり駐在所あり

波のおと遍路の鈴の音鳥のこゑ足摺岬のこの
果てにして

あまた実をつけて根を巻く榕樹《あかう》のもと怒濤逆
巻く足摺岬に

黒潮の潮目くきやかに海面にたち足摺岬の南端に立つ

小綬鶏《こじゆけい》のこゑ

届きたる通販のトマトの苗植ゑぬ今年まだ寒き四月半ばに

化学肥料使はず消毒もせぬ畑の吾が玉葱の育ちは悪し

人参の種まきすごす丘畑にしばし小綬鶏の鳴くこゑとよむ

ささやかに作りて待ちしトウモロコシも苺も鴉に食ひ荒らされぬ

首伸べて雉子の雄々しく猛ぶる谷玉葱三株抜き持ち帰る

寒風山

寒風山を指しゆく道の木々は皆海の方《かた》より陸に傾《かし》げり

減反する時世の来るとは思はざりきや広き潟《かた》湖《こ》を干拓したり

採算のあふと思へず二千万円もかかる機械にて田植ゑをなせり

干拓地に残る潟湖に舟一艘浮べて網をたぐる人見ゆ

昨年《こぞ》の稲架《はさ》を畦に残して田植ゑせり海のきはまで棚田傾き

竜飛より離れて見ゆる蝦夷の島津軽海峡の果てに霞めり

「路の尽きる所」と太宰の書きし竜飛望む蝦夷島はただ雲のなか

露天の湯に浸りくつろぐ三沢の夕べ爆音とどろかせ米軍機発つ

疋田

西大寺の御所塀に沿ふこの小道たびまねく土
屋先生疋田に来ましき

上村孫作遺歌集を見て詠みましし土屋先生
最後の歌なり

三輪山も飛鳥の方《かた》も高円《たかまど》も望み見ましきこの
畦に登りて

道の上に渡す高樋《たかひ》の下ゆけば孫作翁の住みまし し村

戦中のただならぬ時に大陸にも出でゆきまし きここ疋田より

亡き孫作の名のまま掲げし住宅地図も建ち変 はりたり十五年のあひだに

湿原の彼方に

若葉のなかを一筋落つる滝を見て会津磐梯の
山くだるなり

畑の傾《なだ》りの柿の木立の猿の群れ麓ゆく吾らを
睨みつけをり

燧ケ岳の伏流水のほとばしり手に受けて飲む
長蔵小屋に

靴のひも結び直して登る峠シラネアオイの花
に会ひたり

岩を踏み雪を踏みつつ峠越ゆ蝦夷虫喰のこゑを聞きつつ

ひとしきり梢に鳴きし郭公は飛びたちゆきぬ湿原の彼方に

離婚協議

けふはひとりで弁護士に委任状出しにゆきぬ娘ややうやく立ち直りきて

弁護士より日にちファックスや電話来て娘の
離婚も大詰めに入る

離婚せむ夫と話を詰めをらむ娘は弁護士につ
き添はれゆきて

親子六人こはばる顔に席につき離婚の協議始
まらむとす

猫かはいがりの親の機嫌とる長男坊主とんで
もない奴を掴まへてしまつた

離婚するのは親にはあらずと弁護士に諭され
二人は自署を始めぬ

離婚に至りし因果は自らの子にただせ離れゆ
く吾が娘を罵るまへに

離婚届出し終へ娘は持ち帰りし荷を仕分けを
り二階の部屋に

離婚成りて出す弁護士への礼状に「これで安
心して暮らせます」と娘は

離婚協議整ひてこころ立ち直るか娘はその母と厨に立ちぬ

戻りこし娘の弁当朝々作り惚けてはをれぬと意気込む妻は

宮地先生

朱の書きこみ見つつ九十歳《くじふ》の宮地先生二百名全ての歌評しましぬ

司会する隣りの吾に耳遠き君は幾度も聞き返しましぬ

聞きますごとに大声はりあげ耳遠き君に伝へぬ隣りの席より

全ての歌評終へて隠し持つ一合瓶の酒取り出でて口にしましぬ

生月島《いきつきしま》　平戸

橋を渡れば信号のなき島の道棚田あり牛舎あり灯台に尽く

山あひに軒を寄せ合ひこの島に隠れ切支丹信守りこし

そそり立つ断崖の底波高し玄界灘へと海は開けて

満天の星は夜空に広がりゐて光を引きて流るる星あり

離婚なりて安らぐ娘を伴ひ来て枕を並ぶ平戸
の島に

湧く雲

湧く雲が雲と重なりのぼりゆき木曾駒ケ岳の
頂き包む

湖《うみ》のきはを走る鉄路は大糸線しばし沿ひゆく
白馬村より

幾重なす山のうへ高く爺ケ岳天に聳えたりひと村の上に

低き稲架《はさ》に小豆掛け干す信濃びと家畑墓をひとところに暮らす

耕耘機に続きて電動の車椅子過《よぎ》るを待ちて吾がバスは発つ

高山村のここより草津の山越ゆれば文明の疎開地川戸は近し

高山村の夕べの道を赤色灯ともして電動の車椅子ゆく

大台ケ原

霧に包まれ霧に濡れつつ巡りゆく紅葉しそめし大台ケ原

雨つのる山の傾《なだ》りを激つ水ずぶ濡れにぬれて登りゆくなり

鉄砲水となりて流れくる山の傾り足を踏ん張り沢渡りゆく

降る雨を集めて嵩増す沢の水大台ケ原を轟きゆくなり

眼下《まなした》の谷は雲海のなかにして熊野の方《かた》へ幾重なす峰

刺繍の花形

あしらへし刺繡の花形沓先に飾るを后の履き
たまひしか
民に使へと后の納めし薬数々ナウマン象の化
石ぞこれは
写経生に回覧したる木簡には「筆を返せ」と
したためてあり
指し出だす掌開き踏み出しし足に血管の浮き
立つ阿形

顔ゆがむ餓鬼を踏みつけ眉しかめ遠くを見たまふ廣目天は

春日の山

岩を走る水は幾重も段《きだ》をなす滝坂の道を沿ひて登れば

彫りし跡かすかに残る石仏のまへを足早に栗鼠の過《よぎ》りぬ

吾が町にて落ち合ふ佐保《さほ》川の源流は春日の山
の落葉を潜る
傾きし西日を返す奈良の町大寺の鴟尾は眼下
に光る
鴟尾光る彼方に霞む垂仁陵果ての生駒《いこま》山は影
淡くして

雲となびけり

岩群に音して瀬をなし滝をなし喜佐谷へと下る象《きさ》の小川は

三輪山の頂き近く立つ霧は雲となびけり弓月が岳に

籾殻を燻べる煙棚田に立ち明日香の峡のあたたかに見ゆ

それぞれに宮地先生のご容態気遣ひながら集ふ明日香に

肘つきます机は徐々にせり出して力のこもる雁部氏の歌評は

戦後生れの吾らを厳しく戒めます歌あり賜はりし歌集のなかに

「何でもない事を何でも歌ふのみ」齢たけなばかかる歌詠みたし

三代の墓

二上山より木橇に運びし石槨二室斉明天皇《さいめいてんのう》母

子を葬りしあと

「八隅知之《やすみしし》」を形にこめし天皇《すめろぎ》の八角墳なり

飛鳥のみ世の

「日本書紀」の記述さながらに大田皇女《ひめみこ》の墓

は祖母らの墓に寄り立つ

飛鳥の世に思ひを馳せて三代のみ墓見下ろす

越の丘べに

冬の日ざしに

言葉なく歩調そろへて列なりゆく二上山より
葛城の山へ

笹靡かせ木の葉を飛ばし風渡る縦走しゆく葛
城の尾根

吹きのぼる風に体を煽られて大和鴨山の頂に
立つ

逝きし妻を悲しみ人麿の出で立ちし軽《かる》の市跡
黄砂に煙る

丈《ぢやう》六《ろく》より山田道来て厩《うまや》坂《ざか》越ゆれば明日香吾
が恋ふる里

掘りあてし遺跡の土を篦《へら》に削ぎ刷《は》毛《け》に払ひて
屈む人をり

水《みづ》落《おち》の遺跡に漏刻の木の樋を掘りあて晒す冬
の日ざしに

この頑固者

芋を掘る畑べの藪の梢に来て百舌《もず》は尾を振り
ひとしきり鳴く

百舌去れば小啄木鳥《こげら》飛び来て嘴《はし》忙しく打つ音
響く吾が丘畑に

今年また目立たぬ枇杷の花が咲く来て立つ丘
の畑の傾《なだ》りに

二上山《ふたかみ》に入りゆく夕日を丘畑より見つつ帰らむ鍬を納めて

畑に出て土をいぢれば手の荒れぬ幼く触れし母の手に似て

吾が畑の柿が隣りに枝張ると言ひつけてきぬこの頑固者

霧のふるさと

吾が生れし家は残りて住む者なしこの霧閉ざす狭間の奥に

甥ら皆つぎつぎに離れ兄夫婦も逝きて生家に誰ひとり住まず

吾が狭く暗き一生の始まりしふるさとを今朝も霧の閉ざしぬ

ふるさとに帰りて村の長《をさ》の役受けつつ農継ぐ同級生は

霧のたつ空にかかりし光なき日輪仰ぐふるさとの道に

霧晴れて上枝《ほつえ》に柚子の輝けり住む者絶えし生家の庭に

妻の生家は人手に渡り谷へだつ丘より牛の鳴くこゑ聞こゆ

呆けし姉の繰りごと饒舌にくりかへすを言葉を呑みて聞く他はなし

杖を入歯を捜しあぐねて警察に電話せしとぞ
痴呆の姉は

病む姉の時かけて炊きし黒豆に箸伸べて聞く
その繰り言を

右往左往

土佐堀川の流れに沿ひて軌道斜めに電車は下
り地下に入りゆく

中之島新線に乗り継ぎ初めての地下深き駅に
ひとり降りたつ

学園紛争避けて学びし学舎のあと今は百円《ワンコイン》の
駐車場が建つ

久しく来ざりし梅田地下街を右往左往五分の
所を三十分余りも

年下の二人の定年を祝ふ会なかばは見知らぬ
人となりたり

けふ降る雪に

忍坂《おつさか》より登りにかかる女寄坂《めよろざか》従駕の人麿ここを越えしか
額田王《ぬかたのおほきみ》ゆかりの粟原《あふばら》の寺のあと谷を隔てて雪降りつのる
壬申の乱に大海皇子《おほあま》の越えたりし大宇陀の道を雪の閉ざしぬ

鷲家《わしか》の辻けふ降る雪に文久三年に逝きし天誅
義士の墓あり

高見山の頂めざし列なれる吾らのアイゼンは
新雪にきしむ

移る雲の裂け目わづかに差すひかり霧氷輝く
朝ひとときを

子峠《こたうげ》の道の山陰に風雪避け身を寄せ合ひて昼
餉をすます

この山に果てし命か雪のなかに花筒立てて石
ひとつ置く
高見山の頂に今ぞ登り立つ吾も万葉歌碑も雪
ふぶくなか

胃を病みながら

平成二十三年

バクテリアが塵食ふ仕組みを活かせぬかと子は産業廃棄物《さんぱい》の仕事に就きぬ

理想とはほど遠き仕事に悩みつつ胃を病みながら働きこしか

帰りこざりし四年にありし子と吾らの話は尽きず夜更くるまで

恋人のことも少しはその母に話して遠く深谷に発ちぬ

離婚して戻りこし娘と娶らぬ息子ひとりくらゐは幸せにならぬか

癌でなかれと

七分粥に味噌汁田舎煮の検査食とりて明日に備へむとする

寝転びて腹ばひて言はるるままに撮らる癌で
なかれとただただただ願ひて
フィルムの陰影《かげ》を示して否応なしに入院手術
日決められてゆく

癌告知受けし吾が耳に中也の詩「ああおまへ
は何をしてきたのだ」
何故吾に癌が潜むかと責むる夜「季由《きよし》季由」
と亡き母のこゑ

癌に逝きし母に遺伝をせし吾か抗ふこころも
収まりてきぬ

癌にかかり十五年余り生き延びゐる兄を見本
に生きしのぐべし

誰にも言はず入院したる小暮政次のやうに密
かに入院すべし

腸内を動く内視鏡の映し出すくれなゐ淡く神
秘なるいろ

息のみて見入る内視鏡の検査画像癌とおぼしき影見当たらず

癌の疑ひ晴れてけふ聞く鳥のこゑこの大空を渡りゆきたり

吾が癌の疑ひ晴れてひさしぶりに二胡とり出でて妻はさらへり

誤診にて終りしはよしくはばらくはばら御迎へ来るはまだまだ早い

運よくも癌の誤診に終はりしもいつまでもあらむ吾が命ならず

二月の空に

京《みやこ》のありし世を偲ばせて香具山あり甘樫丘ありこの狭き明日香に
飛鳥寺の鐘の音わたる京のあと雲雀はあがる二月の空に

幾重にも層分かつ土を掘り下げて飛鳥京苑池《ゑんち》の石組み晒す

掘り出しし飛鳥京苑池の石乾くまだ春早き昼の日差しに

明日香村小字出水《いづみ》の湧く水に苑池築けり万葉《まんえふ》人《びと》は

飛鳥川のほとりの畑の豌豆の畝に土を寄せて人をり

伝へこし田植神事は滑稽に淫らにお亀と天狗交はる

すでに暗く風の冷えこし明日香村ガイド吾が終へ来るバスを待つ

再婚

癌告知吾が受け手術を待つ日なり再婚をすると娘言ひいづ

父吾の癌の告知が引き金となりて再婚のここ
ろ決めしか

離婚せし娘を嫁にと来る彼に妻は散らし鮨作
りつつ待つ

サッカーにて鍛へし体たくましくその性明る
し吾らがまへに

何もかも「おいしい」と箸を伸ぶる彼娘は良
き人とめぐり会ひたり

並ぶ料理を彼の小皿によそふ娘われは黙して
見てゐたりけり

離婚せし吾が子を娶るに両家の集ひまうけ下
さるあな忝な

離婚せし娘を再び嫁に出すに身の強張りてそ
の親に会ふ

席につきなごやかな会話始まりて初めてけふ
会ふ人らと思へず

「道ちやん」と吾が娘を呼びてその夫と義母
にならむ人けふ温かし

式もあげず旅行にも行かず「それでは」と笑
顔に娘は再婚しゆけり

吾が作りし玉葱ジャガイモ下げ持ちて二人は
夕べ帰りゆきたり

テニスコートを見下ろす社宅の五階にて新居
を構へ二人は暮す

張り替へし畳の匂ふ六畳二間に二人の写真飾りて住みぬ

子をみごもり来たりし娘は自らの母子手帳を母より預かりゆきぬ

結婚せぬ息子と離婚せし娘に孫はさづかれぬと思ひし日あり

西日当たりて

崇峻元年飛鳥に建てし寺の瓦は元興寺僧坊に
今も葺かれぬ

須田剋太の絵の気魄に触れて帰りゆく南京櫨
の実の残る下

「大華嚴寺」の文字は輝く東大寺南大門に西
日当たりて

東大寺の鴟尾を照らして日は沈む鉄塔の立つ
生駒の嶺に

春を呼ぶ風たち炎は燃えあがり火の粉を散ら
す見上ぐる吾らに

東日本大震災

家を畑を道を車を呑みこみゆく津波の画面を
見入るほかなし

「入江静かに」と土屋先生の詠みましし志津
川の町も津波に呑まれぬ

吾が三年《みとせ》住みし仙台のマンションはいかに揺
れきやかの大地震《おほなゐ》に

万を超す津波の死者に友三人《みたり》さらに二人は行
方の知れず

四日ぶりに瓦礫の下より救はれし命もあれば
恙無くをれ

妻と母を津波に亡くして友はいかに過ごしを
らむかと思ふ今宵は

北上川の河口に見たりし友らの家も中州の教会も津波襲ひぬ

皇帝ペンギンならず外国人の日本脱出地震に原発にさらさるる今

「日本脱出」のかなはぬ吾ら助け合ひ津波のあとの再起はからむ

損害保険の査定に入りし被災地より友は日々《にちにち》惨状を伝へ来

入江の春

東シナ海を吹きくる風に怒濤なししぶきをあ
ぐる波は礁《いくり》に
遠藤周作の「見よ」と書きたる踏絵はこれか
磨り減り錆びし銅のレリーフ
水脈《みを》引きて舟の指しゆく入江の村崎津天主堂
の尖塔の立つ

海のほとりに日干しする鯖を捌く人崎津の入
江昼ひとときを

天草の入江の春の早くして客一人乗せてバス
の発ちゆく

天主堂のステンドグラスを透すひかり踏み絵
をなしし祭壇に差す

有明の海に切り立つ原城跡十字架の塔聳えて
白し

宮地先生逝去

逝きましし を告げて留守電入れ下されき萩原
千也さん小谷先生

司会せし吾をいたはり「一杯やるか」と一合
瓶を取り出しましぬ

歌会のあと杯傾けし昨年《こぞ》の夜その後見《まみ》ゆること
なく終りぬ

新婚の吾が歌も覚え下されゐて選歌賜りきこの四十年

あまたたび賜りし便りを読み返すどの文面も文字は大きく

「一%は督促せざりし大兄《あなた》の所為《せゐ》」わが歌集稿を失ひまして

「大著二冊すさまじい気力」と賜はりしを励みに吾の生きてゆくべし

兄に触れて心のこもる序歌賜り『横山正遺歌集』は成りき

亡き兄が綾部に短歌を広めしと宮地先生常言ひましき

縄文杉

望む彼方の雲に紛るる屋久島に飛沫《しぶき》をあげて乗る舟近づく

島の西の山の麓にひと村あり海亀のあがる浜
広がりて

屋久杉の木出し廃れて村は廃れ学校も廃れぬ
ここ小杉谷に

屋久鹿は朝光のなかを歩み来てつぶらなる目
を吾にむけたり

蝮草の花咲くかたへに息絶えし鹿の骸《むくろ》を離れ
ぬ鹿あり

トロッコ道尽きて這ふ根を荒き岩を踏みつつ
登る縄文杉へ

オホーツクの浜辺

天北線の軌道のあとに笹茂る廃線となりて二
十余年に

ホタテ貝の殻高く積むオホーツクの浜辺に降
りて水飲むエゾシカ

オホーツクの浜辺に着きし流木に尾白鷲の羽休めをり

汗臭き作業着の人らと乗り合はせ早朝のフェリーにて礼文へむかふ

二十三人の生徒に十七名の先生か島に一つの礼文高校

佐渡

渚まで植田をつくる村過ぎて狭まる道は海に
崖なす

弾崎《はじきざき》の灯台過ぎて島の西海にひらけて願村《ねがひむら》
あり

民宿あり舟屋のありて板壁の軒低く構へし家
並び建つ

昨日《きぞ》につぎ今日またぐる島のみち飛島萱《とびしまくわん》
草《ざう》の花は咲き満つ

すでに佐渡は海の彼方の雲のなか波穏やかに
フェリーは進む

南紀伊

熊楠の住みゐし家を行きて見き南紀田辺の路
地入りゆきて

津波来たらばただちに呑まれむ白浜に文明の
詠みし跡訪ねゆく

文明の詠みし大谷渡りいきほへり梅雨の雨に
その葉広げて
ゲットウと記すは熊野の熊竹蘭吾の背丈をこ
えて茂れり
文明が先生と詠みし熊楠の痩せて安らなるデ
スマスク見ぬ

子規庵

子規の本写し又写し夜半過ぎぬ吾がひたすら
にあるべしありたし

短かりし一生に「写生」を究めゆきし子規を
思へば吾れ努むべし

炎天下を息あへぎ来て子規庵の椋の下陰深き
に息づく

檜扇《ひあふぎ》の土に影おく午後にして三度《みたび》来て立つ子
規庵の庭

蚊遣りたき水打ちくれし子規庵の庭にいで立つメモをとりつつ

椋の木陰の未央柳も終りの花水打ちて涼し子規の旧居は

子規の逝きし六畳の間も開け放ちたかぶるこころに歌会を始む

青すすき夕べ早くも陰る庭見つつ歌会す子規の旧居に

大雪山

ナナカマドの花咲く上枝《ほつえ》に咽赤き野駒《のごま》は鳴けり嘴を上げつつ

遭難者の追悼に建てし鐘を打つ大雪の山にその音響きて

稚児車《ちんぐるま》の綿毛の光る花原をエゾシマリスの忙しく出で入る

岩ひばり鳴きてがれ場に駒草の咲く黒岳の頂きに立つ

双々《さうさう》峰《ぼう》のそそり立つ岩を一筋に瀑布は落つる万緑のなかへ

三笠集治監

文明の祖父も関はりし囚人道路をここ三笠までバスに乗り来ぬ

正しくは三笠集治監なりし祖父の跡を樺戸と
信じ文明は行きき

峰延の駅に降りたち文明は獄死せし祖父を回《ゑ》
向《かう》しましき

この奥に文明の祖父の収監されし集治監あり
きと言へば見入りぬ

ゆくりなく過《よぎ》る閉山の町寂れ引きし鉄路も廃
線となりぬ

炭坑の廃れて残る六軒長屋市営住宅として今は貸すらし

兄の代に

農地改革に手放さざりし田も畑も人手に渡りぬ亡き兄の代に

年々に巣を造りし燕今年来ず雀蜂巨き巣を作りをり

にいにい蟬ひとしきり鳴くふるさとに父母も
兄も逝きて久しき

野の花の咲き満ちし道も木の橋もコンクリー
トに代り果てたり

父母も兄も斂めし一つ石注ぎし水のすぐに乾
きぬ

墓石に彫りし寛永の文字薄れ吾が祖もやがて
忘られゆかむ

アララギの終刊にも宮地先生のご逝去にも会はず兄は逝きにき

「季由《きよし》が来た季由が来た」と繰り返し姉は喜ぶあはれ惚けゐて

八十歳の惚けし姉看取る八十四歳目を手術して耳遠くなりぬ

同じこと繰り返し言ふ惚けし姉けふは穏やかな顔してゐたり

病む姉は焜炉に長く煮込みたる山椒の実を持たせくれたり

草燃す煙

介護する暇《いとま》に義兄の仕舞ひくれし籾殻を撒く植ゑつけし苗に

畑丘の友らダイオキシンなど構ふなく草燃す煙をちこちに立つ

原発被害に野菜作れぬ人らを思ひトマト摘み
ゆくわが丘畑に

吾が畑に撒きたる水に蝶の来て羽休めつつし
ばし吸ふらし

鶏糞を土に鋤き込み帰る丘足もとふいに鼬《いたち》よ
ぎりぬ

とりきたるキャベツにつきし蛞《なめ》蝓《くぢ》も青虫も妻
は厭はずなりぬ

小谷少年

過去となりし小谷少年の育ちし地をこころに
新見の峡に入りゆく

吾がめざす鯉が窪湿原の保護につとめし校長
に若く仕へましたり

戦後十九歳《じふく》の学生にして豪放なる土屋先生の
歌評受けましき

土屋先生に一途に東京に出でましき就きし教師の職すら捨てて

土屋先生の指導を乞ひて上京せし二十八歳のこころを思ふ

君が培ひ友ら料理せし里芋に箸を伸ばせり今宵は酔ひて

白馬

鞭打ちて山羊の群れ追ふ少女見ゆ白馬五竜の
山の傾《なだ》りに

白馬の山くだるせせらぎに岩魚釣る人の佇む
朝霧のなか

かたまりて学校に通ふ子らの見ゆそれぞれ熊
よけの鈴を鳴らして

這ひ松の樹層となりて陰なすもの何もなき天
空の八方尾根ゆく

穂躑躅《ほつつじ》の紅《あけ》染む白き花のもと激つ瀬の水手に
受けて飲む

登り来て今し眼下に八方池水面に白馬岳の山
影映す

乗鞍五色ケ原

平金《ひらがね》鉱山《くわうざん》廃れて三千人暮しし村も学校も今
はあとをとどめず

霧走る乗鞍のここ平湯峠に若山牧水の歌碑傾ぎ立つ

泳ぎ来て淵に寄りそふ岩魚二尾神通川の源流ここに

イタイイタイ病に下流の人らを苦しめし神通川の源はここか

ウワミズザクラの木立に高く実を食べし熊の敷きたる枝の残りぬ

橅の実を食べに登りし熊の爪の跡は木立に鋭く残る

伏流水ここに直ちに滝となりしぶきをあげて谷に轟く

五色ケ原の水受け濡れし吾の手に浅《あさ》黄《ぎ》斑《まだら》の飛び来て止る

合併

合併にて機構変ると言ひくれば午後を出でゆく吾が退きし会社に

在職中に決まりゐし合併を明日に控へ吾の勤めし組織のさま見む

合併後の模様に変へし事務室に案内されゆく職退きし吾は

合併にて過激な組合活動家が他社より来ると騒立ちてをり

職退きし吾を囲みて嘆く若きら不況つづきて
保険売れぬと

合併にて支店長の職解かるると言ひて茶を啜
る吾が前に友は

退職までまだ十年も残す友は合併後の不安あ
からさまに言ふ

合併し機構変りて頼み得ぬ会社にすがり友ら
励むか

合併を明日に控へて終らむ会社その会社より
更に社員らあはれ
それぞれの思ひを聞きて帰らむか手を貸さむ
にも力なき吾は

勤めゐし会社の機構変りたれば合併の後は立
ち寄ることなし

会社役員退任慰労会や送別会誘ひのあれど行
く気起らず

越《こし》の国

日本海へ川の流れの変りたり近江より越の国
に入り来て
古き道絶えたる峠恋ひゆきて越の友らと越え
し思ほゆ
気比の宮金ヶ崎社田《た》結《ゆひ》の浦《うら》土屋先生の跡のが
さず見たり

種《いろ》の浜の芭蕉の跡近く原子力発電所あれば行く気起らず

吾が幼く泳ぎし若狭のこの海辺に原子力発電所かくまで増えし

原発より三十キロ圏内の吾がふるさとフクシマのことは他人事《ひとごと》ならず

原発に働く人のクリーニング請け負ふ友ゐて単純ならず

谷川岳

赤飯《あかまんま》嫁菜《よめな》花咲く八海山すすきの穂波のなかを下りぬ

谷川岳の耳二つ聳え立つが見ゆ利根の水上《みなかみ》の流れの向うに

谷川岳に果てし命の慰霊塔か山峡深く入りゆく道に

大和三山

受け一息に飲む
一ノ倉沢に行きて戻りてほとばしる水を手に
む小さき人影
一ノ倉沢のうへ高く天にそそりたつ岩壁に挑
をもぎながら
橅の林を騒立て渡る猿の群れ頭上の木立の実

雲間より洩るる光の照らし出す大和三山静かなる影

掘り出でし苑《ゑん》池《ち》の跡の石組みの影静かなり小春日和に

食事終へそれぞれに薬をとり出だす明日香歌会に集ひし友らは

明日香歌会終へて湯船に足伸ばす虫のこゑすだく中庭を来て

睡眠薬飲みて寝につく医《くすし》の友吾は酒に酔ひこ
こちよく寝る

楠の上枝《ほつえ》に百舌《もず》鳴きゐたりけふ登る天の香具
山間近くなりて

君の話を聞くと寄り立つ三十人香具山の上の
樫の木下《こした》に

香具山の麓の畑の赤き熟柿《じゆくし》枝より捥ぎて頬張
り来ます

別れのビール

余命二カ月と宣告されし君を見舞ふ癌の誤診にて事なき吾は

互ひの子の結婚の集ひに見《まみ》えたる半年前の姿今なし

癌の病名伏せゐて言葉を選びつつその子らひとゝき父と話せり

その舅つひに食事のとれずなりしと娘は今宵
電話してきぬ

生れくる孫を待つ喜びも少しの間あはれ永久《とは》
なる眠りにつきぬ

ステージ四の末期癌にて手術出来ず二カ月も
たぬみ命なりき

癌に倒れ二月《ふたつき》もたざりしその命吾より若く君
逝きましぬ

吹かれ来て吹かれ去る雲空にありああ今生に会ふことかなはず

窓際のベッド気に入り臥しをりき吾が見舞ひたる秋ぬくき日に

子らの縁に酒好きの君と末長くと願ひしに酌み交はすこともはやなし

駅降りて通夜へと急ぐ寒き夕べ路上にダンボール敷き寝転ぶ人をり

魂の抜けし亡骸となりましぬ孫にも自らの老いにも会はず

経読みて僧の帰りし通夜の夜しばらく黙しその子らとをり

亡骸に子らの注ぎし別れのビール柩を運ぶ吾が手をぬらす

山門水源《やまかどすいげん》の森

沢蟹も赤腹ゐもりも棲む沢辺フィトンチッド
の檜の森行く

谷奥より出でくる水は岩走りここに琵琶湖の
源流をなす

去年《こぞ》の落葉吾が踏む足にやはらかし橅の森深
く登り来りて

冬青《そよご》の実にひとときの昼の風絶えて山の斜面に
弁当開く

椿の葉を丸めて友らの吹く笛は風に乗りくる
この橅の森に

魞《えり》の立つ湖《うみ》おだやかに暮れゆきてしぶきをあ
げて真鴨降りたつ

花脊

枝打ちし杉の秀並ぶ北山に深く入り来ぬ時雨
にぬれて

廃道となりゆく花脊の峠みち鯖街道を鞍馬より越ゆ

杉皮をはぎたる熊の爪痕に恐れつつ越ゆ花脊峠を

賀茂川と桂川との分水嶺花脊峠ここを源として

草蔭に潜む蒿雀《あをじ》のこゑすがし花脊の村へ下りゆく道に

山陰《やまかげ》の花脊の村の夕早し風呂焚く煙家々に立つ

メロディーを奏でつつ来し路線バス手をあげし人を乗せて発ちゆく

過疎の管内二百世帯と駐在所に若き巡査の煙草をふかす

真弓に佐田に

宮内庁の認めぬ天皇《すめろぎ》の墓二つ真弓に佐田に吾の恋ひゆく

倒木を跨ぎてくぬぎの落葉踏み明日香村へと丘二つ越ゆ

斉明天皇親子の二つの石室を吾が屈み見ぬ真弓の丘に

真弓より佐田へと越ゆる丘の道草壁《くさかべ》皇子葬送の跡と伝へて

道狭く家のいりくむ村の道塀に足かけ犬は牙むく

石灯籠立てて慈しむ村人らここを草壁《くさかべ》皇子の墓と伝へて

草壁《くさかべ》皇子の殯《もがり》に哭《な》きし舎人《とねり》の歌こころ離れず佐田の丘べに

城崎

綾部奈良舞鶴三田より集ひ来ぬはらから四人
それぞれに老いて

先に逝きし長兄《あに》を除きて癌癒えし次兄《あに》も痴呆
の姉も集へり

腕を貸す義兄に寄りそひ認知症の姉は小股に
廊下を歩む

城崎の夜はいつしか雪となりはらから四人の
話は尽きず

同じこと繰り返し言ふ惚けし姉はらからなれば笑ふに笑へず

磐余《いはれ》の池跡

豌豆の芽吹く畑の丘のほとり磐余の池跡ここにありしか

磐余の池の堤に築きし建物の柱の穴跡掘り出されたり

掘り出でし磐余の池の堤跡ここに立ちきや大津皇子は

人望の厚きがゆゑに殺《あや》められ大津皇子のこの辺に果てき

池之内東池尻といふ池のつく村二つあり磐余の池辺に

大津皇子の歌彫《ゑ》りて置く石ひとつ磐余の池の跡のほとりに

寺に撞く鐘の音《と》渡る池のあと大津皇子の歌偲び立つ

足そろへ大空翔る青鷺見ゆ磐余の池の跡の田のうへ

蘖《ひこばえ》の伸び立つ刈田に鷺一羽足垂直に伸ばし降りたつ

秩父の山に

平成二十四年

秩父の山に産業廃棄物の焼却炉建てて息子は
その辺に住めり
親会社潰れて傘下の子の会社買ひ手のつきて
売却されぬ
子の会社買収されて大手企業の社員になれし
と子は喜べり

廃棄物処理業に活路を見出すか造船屋が子の
会社を買収したり

震災後持ち込まるる塵の増えしと言ふ子よセ
シウムに犯さるるなかれ

咳の出ると言へば被曝を案じをり塵芥の処理
に励む吾が子を

廃棄物処理の焼却炉は止められず盆も正月も
子は帰りこず

恋人と此度《こたび》別れしとさりげなき吾が子のメールにこころの痛む

妻の添へし手紙に短く吾も書き離れ住む子に荷を送りたり

何のたまゆら

吾よりも二歳年上の象の花子未だ元気なりと何のたまゆら

社会保障と税の一体改革の記事に吾が妻あかき線引く

絵手紙十枚月々神戸の被災者に怠ることなく妻届けきぬ

読む本の手より落ちしを潮時に枕の灯を消し今宵は寝《い》ねむ

吾が歌集読みて元気をもらひしと母看取る女

優伊藤榮子氏

亡き夫に続きて母を看取りつつ女優つづけこし伊藤榮子氏

河原崎長一郎氏元気にて酒酌み交はしき浦安の夜

牛の役田人の役に負けじと吾れ砂をかけ合ふ広瀬の社に

奈良坂越え鹿背山《かせやま》越えて辿りゆく大仏鉄道の軌道の跡を

湖北の村

腰ひねり立たす十一面観音は悪の諸相を頭に
載せぬ

ふくよかな足の親指少しあげ観音は吾に歩み
くるごとし

観音のおはす湖北のこの村も美浜原発より三
十キロを越えず

美浜原発に事あれば船の舫《もや》ふ湖《うみ》近畿の水瓶汚染されむか

日に六便菅浦《すがうら》の村に通ふバス客二人降ろし折り返しゆきぬ

軒下に網干し薪積む百戸の村十分も歩けば村は尽きたり

素足にて参る習ひのみ社を下れば入江の波静かなり

菅浦の凪ぎし入江に舟をつけ万葉の人ら越《こし》へとこえき

こもりの僧

別火坊を出でし社《しや》参《さん》の練《れん》行《ぎやう》衆《しゆう》下駄の音高く列なりて来る

僧衣《そうえ》の裾ひるがへし来し練行衆大仏殿に深く礼せり

法螺貝を吹きつつ社参の練行衆二月堂へと登
りゆきたり

社参の行《ぎやう》終へたる僧ら湯屋のうち湯殿に今し
身を清めをり

試《ころ》別《べつ》火《か》に集ふ僧らの動く影夕べ灯ともす坊の
障子に

総別火に入りて紙衣《かみこ》に着替へし僧いよいよ厳
しき本行《ほんぎやう》に移るか

松明《たいまつ》の灯りに一人また一人と廊登りゆく僧の
影見ゆ

欄干に突き出す松明炎あげ火の粉は舞へりこ
の寒空に

二月堂の舞台に散りし松明の火の粉を忙しく
掃く人のをり

差懸《さしかけ》にて床《ゆか》に四股踏み内陣に駆けて入りゆく
こもりの僧は

外《げ》陣《ぢん》に入り格子戸越しに聴聞すこもりの僧の祈りのこゑを

ときに低くときに軽やかに天平のみ世よりつづく声《しやう》明《みやう》のこゑ

数珠揉みあげ五体投地の拝をなす僧の影見ゆ油煙のあかりに

「南《な》無《む》観《くわん》」と約《つづ》まり終る僧のこゑ吾が耳澄ます局《つぼね》の奥に

小雲取

昨年《こぞ》の豪雨の水襲ひたる請川《うけがは》の村より小雲取の道に入りゆく

定家卿の越えし日のさま思はれて雨しぶき降るなかを越えゆく

地蔵立つ百《ひやつ》間《けん》嵓《ぐら》に吾が望む果無の山の青き連なり

太き蚯蚓《みみず》咥へし蝦蟇《がま》に出会ひたり木陰の暗き
小雲取の道に

息あへぎ登りつめたる桜峠対ひて親し茂吉の
歌碑立つ

石垣に青き苔生し水取り場も墓も残りぬ茶屋
のあとには

小雲取越えゆく吾の先歩む人らは霧のなかに
消えたり

小雲取の道に見放くる大雲取雲のかかりて雷《いかづち》響《とよ》む

十年前越えし大雲取は雲の下雲海の上に峰の連なる

大雲取露の久保の旅籠《はたご》のあと昭和なかばまで住む人ありき

小雲取も十年前の大雲取も茂吉のごとく汗たらし越えき

熊野詣でに逝きたる人らを供養して賽の河原
に地蔵を祀る

小雲取越えきて小和瀬の渡し場あと十年前あ
りし吊橋はなし

大雲取と小雲取の狭間の小口村据ゑし巣箱に
蜜蜂出で入る

五島列島

茂吉の跡かつて見巡りし長崎の町には寄らず
五島《ごたう》列島へと発つ

孤独なりし茂吉が船の太笛を聞きし長崎の港
そここは

傾く日に海に立つ波穂輝きて廃墟となりし軍
艦島見ゆ

海の彼方に海より淡き藍のいろ五島列島の
島々列なる

海底ケーブルの電線ここより海に潜り人住む
沖の島々に渡す

住む人の老いて五人に減りし島平成の今も天
水にて暮す

オキザリスの花咲く坂を登りくればルルドの
像立つ教会のあり

大瀬崎の灯台の立つ岬《さき》のうへ八角鷹《はちくま》高く羽広
げたり

白秋の生家にもらひし枳殻《からたち》の苗持ち歩く旅の
二日を

宮之浦岳

黄蓮《わうれん》の花に会ひつつ登りゆく宮之浦岳に吾は
立たむと

立ち枯るる白き木立は山に映え花之江河《はなのえがう》の湿
原をゆく

屋久島の青澄む空にそびゆる山いづれも巨き巌を抱《いだ》く

四方の山も雲も眼下に吾は見て宮之浦岳の三角点に立つ

晴るる空に愛《あい》子《こ》岳《だけ》の峰尖り彼方に霞む種子島平たし

古道三所

花脊峠越え来て入りゆく大《だい》悲《ひ》山《ざん》その山陰に峰《ぶ》
定《ぢやう》寺《じ》はあり

鷦鷯《みそさざい》のこゑ移りゆく渓流に沿ひ来て俵坂峠
の登りにかかる

若狭より京へ一昼夜にて鯖を運びし旧街道を
吾が行きなづむ

鹿の食ひ皮のはがれし黄《き》蘗《はだ》立ち辛夷の花散る
谷へと下る

伊香山《いかごやま》越えてけふゆく塩津街道笠金村の跡を
辿りて

虫麻呂も家持も越えし竜田古道桐の花咲く下
陰くだる

オーナーの吾の名札を吊す桜竜田の山に咲く
日を待たむ

壱岐

宅満《やかまろ》の死を悲しみし六鯖《むさば》の歌この壱岐の島の
いづべに果てし

麦秋も田植ゑもいち時の壱岐の島縄文の世よ
り人の住みこし

電柱を地下に埋めて弥生遺跡を復元したり深《ふか》
江田原《えだばる》に

山門の古りて建つ奥ナンジャモンジャの花の
終りし壱岐の禅寺

凪ぎし海にもぐりし海女《あま》は浮きあがり海胆《うに》を
盥に拾ひあげたり

船の便に時間はあらずここ壱岐に果てにし曾
良の墓に参れず

原発汚染

淡路島の山の上《へ》並ぶ電力風車早く原発に代る
世の来よ

金環日食とならむ太陽昇りきぬ原発汚染のつづく日本に

原発の真下を走る活断層これでも安全と言ひくるめるか

目をそらさずフクシマを見よ原発に安全などあらうはずなし

目に見えぬセシウムさへぎる壁のなく天地も海も汚染されゆく

原発の汚染の除去のままならず己が在所に帰れぬ人ら

捨て場なき使用済核燃料のたまりゆく原発は早く廃炉にすべし

生活の多少不便な世になるとも原発再稼働させてはならず

フクシマの危険まだ去らず検証も終らぬままに再稼働とは何ぞ

吾が畑丘

ふるさとより移して畑に年々にふきのたう萌え吾が力づく

化学肥料も農薬も撒かず吾が作る野菜は妻子らに評判の良し

炎天下にわづかに一畝《ひとうね》の土起し息あへぎつつ吾がへたりこむ

豌豆の蔓をかたづけ土起せば蚯蚓《みみず》の跳ねて百足《むかで》這ひ出づ

栗の花白々匂ふ六月か兄逝き吉田先生みまかりし月

吉田先生に厳しく諭されしこと忘れず全国歌会に吾が来るごとに

天井の照明揺らす地震《なゐ》しばしばしをさまるを待つ歌会の席に

「歌は一人」と言ひまししこころ思はれて全
国歌会の友らと別る

夏越しの祓ひをすると人形《ひとがた》届きたり飛鳥坐社《あすかにいますやしろ》
より今年も

出産を控へて

みごもる子の性別けふは分ると言ひ五カ月検
診に娘出でゆく

頬白の鳴くこゑ透るわが家に出産を控へて娘は過ごす

出産のために戻りこし吾が娘二年まへは離婚のために帰りき

検診より帰りし娘は妻の作る料理では腹の子太らぬと嘆く

目鼻立ち整ふ胎児のエコー写真持ちて両親学級にゆく

生れくる孫の生きむ世に原発は一基も稼働させたくはなし

原発の全基休止せしこの今の永久《とは》に続けや汝が生くる世に

腹の子に幾度もやさしく語りかけ娘は母となる日を待てり

娘の出産予定日迫りて常持たぬ携帯電話片時も離さず

恙なく生れて

恙なく生れて抱《いだ》く吾が海里《かいり》この世の空気いっぱいに吸へ

小さきおゆび開きて小さき足伸ばす恙なくこの世に生れし汝は

吾がこゑに応へて黒き瞳むけ小さき手ひらく生れて五日

足を蹴り身をそらし泣く小さき命すでに自ら
の意思を持つらし

起き出でて夜半に母乳を飲ます娘妻にもかか
る活力ありき

乳もみの産婆のもとに通ひつつ娘の母乳はみ
どりごに足る

部屋に入りし蚊を殺さむと右往左往ちのみご
汝を刺させるものか

手のひらに動くみどりごの耳塞ぎ湯浴みをさせる吾の日課に

手のひらに頭包みて浴ます湯に足を伸ばして眠りしままなり

働きづめに働く息子は休暇とり生れし姪を見に帰りきぬ

誰に教はり買ひこしならむ独り身の息子は姪にエルメスの靴を

授かりし娘のみどりごにかかづらひ吾と妻ありこのひと月を

泣けばあやし笑へば寄りて吾が家に海里が主役のひと月なりき

乳の匂ひを吾が家に残し生れてよりひと月余り母子は去りぬ

生れてひと月一、五キロも汝は太りその父母《ちちはは》に伴はれ去る

四月《よつき》経て首のすわりて来し幼いぶかしげに爺
吾を見る

薄目あけ吾らがゐるを確かめて指しやぶりつ
つ眠りに落ちゆく

離乳食三分粥にて始めむと講習に出でゆく生
みて五月目《ごつきめ》

平城京址《へいじやうきやうし》

宅守《やかもり》の逢引きしたる西の御厩《みまや》の跡はここかと草はらに立つ

朱雀門を見渡す草はら広々し光のなかを歩みゆくべし

葦原の大葦切《おほよしきり》のこゑしげし電車行き交ふ平城京址に

宮跡に来り見放けむ草はらの彼方に大極殿超然と立つ

掘り出されし三条条間北小路いかなる人がこ
こ行き来せし

幾層にも分かつ土掘り鍛冶工房の排水溝の炭
掘りあてぬ

焼けしるき赤銅色の炉の穴を掘り出し晒す夏
の日照りに

鍛冶工人屈みし位置も偲ばれて炉のあり鉄を
敲《たた》きし石あり

津波のあと

震災よりたちあがりゆく電話のこゑ勤めし三年に聞きし訛に

津波襲ひし海はけふ和ぎ吾が乗る機海面《かいめん》低く降下してゆく

この空港を月々妻子のもとに発ちき仙台に単身勤めゐし三年

津波のあと一年余りか貞山堀のまばらに残る
松並木枯れ立つ

押し寄せし津波に残る家のなくここに三十七
名命落としき

津波のあとにたまりし海水は道を断ちこのマ
ンションに人住めずなる

一年後も津波のあとの瓦礫の処理鉄を選り分
けショベルカー動く

田畑荒れ家も屋敷林も潰えをり内陸深く津波の寄せて

高速道路に沿ひつつ高く押し寄せし津波は家も田畑も呑みき

津波襲ひし放棄田と山側の稲田とを分かちて高速道路は北へ

出羽三山

東の間に霧湧き雲のたち渡る茂吉の歌碑立つ
蔵王熊野岳

この峰を軽々登りし十年まへ茂吉の歌碑を頂
きに見き

尾《を》瀬《ぜ》河《かう》骨《ほね》の珍しき花に会ひ得たり月山の湿原
深く入り来て

この山より湯殿の山へ下りたる茂吉を思ひ月
山に立つ

素足にて湯殿の神岩に登りたり三年前の雷《らい》の
鳴る日に

友ふたり

奥山善昭逝きしといへば心揺らぐ東京歌会に
ともに励みき

土屋先生の写真撮りゐる君のかたへひたすら
歌評のメモ吾がとりき

丹念に書きくれし吾の歌集評夕べとり出で読み返しをり

脳腫瘍進みて妻に付き添はれ会社に通ふ君を見たりき

妻子のため病に負けず働くと言ひて定年をよくぞ迎へし

脳腫瘍病みて二十二年を生きたりし柩の君の額に手触れぬ

石敷きの京《みやこ》

篦《へら》に刷毛《はけ》に土を掻きつつ飛鳥寺の槻の木広場掘り進めをり

飛鳥京苑池《ゑんち》の跡を掘り下げてベルトコンベヤーに土を揚げをり

飛鳥川流るるほとりの田の下に石敷きの京埋もれてをり

飛鳥の世に時を告げたる水落遺跡時間に追は
るる始まりなりしか

明日香村に一軒残る牛の厩舎乳を煮つめて蘇《そ》
をなす今に

穢《きたな》麿《まろ》と名を変へさせられし和気清麻呂大宝
律令の律の定めに

富本銭を作りし遺跡のガイドを成す夏休みに
東京より来たりし児童に

三輪山より長谷へとかかる虹見上げ明日香村
より磐余路《いはれぢ》帰る

伊勢街道通ふ初瀬谷このいづべに大伯皇女《おほくのひめみこ》身
を清めしや

近江の旅

源を比叡山《ひえい》横川《よかは》とせし水の音たて流る日吉《ひよ》
大社《し》の森を

建ちこむる家の間際を行き交へる電車の音は
山寺に響く

蚊と蛭《ひる》に襲はれ登りし山のうへ阿弥陀三尊磨
崖仏あり

百済の工人ふるさとを偲び作りしか扶余《ぷよ》定林
寺址の石塔に似て

一万基の石塔並ぶ境内に出でこし猿は吾らを
睨む

スケッチせし絵手紙にすばやく色を置く友ありて終ふ近江の旅を

雲ケ畑

雲ケ畑は洛北三里の山のなか賀茂川源流を遡り行きて

雲ケ畑七十五戸の村の尽き山路の果てに志明院あり

賀茂川の源流近き山の道小鳥のこゑに梢を見
上ぐ

この山に源をなす賀茂川は谷にひびきて岩を
落ちゆく

洛北の山なかひそかに残る寺ここを賀茂川源
流として

息喘ぎ走り根踏みて登りゆく谷に切り立つ崖
の行場に

路線バスの代行タクシーは日に二便友らと乗り合ひ雲ケ畑より帰る

生前戒名

生前に墓碑書きし子規戒名を定めし茂吉につづかむ吾も

逝きし後のどさくさに紛れ吾が知らぬ僧より戒名受けたくはなし

祖の供養つづけ下さる為廣和尚に妻と授かるふたりの戒名

死後子らに負担かけじと生前に墓建て戒名もらひ受けたり

結婚せぬ息子の後は遮莫《さもあらばあれ》竜田の丘に建てたる墓は

廃村八丁

花脊より三時間余りの杣《そま》の道歩きて廃村八丁
はあり
毬あまた山に転がり栗の実はすでに熊らの食
ひ尽くしをり
品《しな》谷峠《だんたうげ》の分岐に坐り昼餉とる廃村八丁の跡を
めざして
枝打ちし杉の伸び立つ山の傾《なだ》り羊歯を手づか
み谷へと下る

峠越え沢を渡りて北山深く廃村八丁天に開けぬ

雪に閉ざされ食料尽きて医者もなし八丁集落廃村となりぬ

鳥居の下の祠に石仏を残ししまま八丁の人らこの村捨てぬ

児童八人先生一人の文教場廃村八丁にありき明治の世には

幾たびも徒渉かさねて遡る廃村八丁桂川の源流

ああここが桂川の源か濡れし落葉より水の滴る

子らの列

稔る田と刈田はここに半ばして天野の里は天に開けぬ

西行の妻子の庵を結びし丘低き石立てその墓はあり

紀ノ川を赤く染めつつ落つる日は妹背の山の彼方に沈む

藍淡く吉野の山々重なりて大和三山夕霞むとき

車椅子の子を先だてて子らの列明日香路をゆく稲刈るなかを

稲淵の山の奥まで棚田作り狭きに暮す明日香の人らは

使ひ古りて短くなりし鉛筆にてメモをとります歌会の席に

小谷先生の話を聞きて三十人明日香の村を眼下に見下ろす

吾の住む河合のあたり霞みゐて大和《やまと》に一世終るともよし

長野の友ら飛鳥大仏拝《をろが》むを待ちて吾が撞く鐘は響みぬ

兄ありて吾あり

自転車漕ぎ高校に通ひし日のごとくふるさと丹波霧の閉ざしぬ

亡き母の植ゑし柚子の実輝けり人住まぬ今は取る人もなく

吾が幼く登りし柿の実をとらむ義兄の作りくれし竹竿伸ばして

人住まずなりて久しき生家の屋根尉鶲《じようびたき》来てひととき鳴きぬ

久々のふるさとの道を雉子よぎり笹叢蔭に姿を消しぬ

末子吾を扶けし父母よ長《をさ》の兄よ三人《みたり》それぞれこの石の下

兄に借りし吾の学資のその金も返し終へしと
ある時母は

高齢出産の母に生めよと勧めたる兄ありて吾
あり吾が子らのあり

吾に宛てし父母の葉書を束ね持つ六十四歳に
なりたる今も

認知症の妻の介護をする義兄大輪の菊をよく
ぞ咲かせし

見舞ふごとに姉の痴呆はすすみゆき看取る義兄も八十五歳《はちじふご》となる

目を離せぬ介護の妻を連れ出して作りし米ぞ持たせくれたり

野菜あまた自転車に積みて帰りくる兄に出会ひぬ訪ねゆく道に

水頭症病みつつ漬けし白菜を樽より引きあげ包みくれたり

一人事故死三人は癌を水頭症を認知症を今病
むはらから

吉《よし》野《の》川上《かはかみ》

大海皇子《おほあま》の隠《こも》りし吉野の宮のあと朝より冷た
き時雨降るなり

人見えぬ菜摘の工場にロボットの動作巧みに
割箸作る

吉野川の下流に離宮をみたてましし文明説は
強引に見ゆ
土屋先生行きましし上《かみ》社《しや》も吾がかつて通りし
道もダムに沈みぬ
天誅組も後南朝もこの辺に果て吉野川上の峡
遡る
降る雨は霰に変はり屋根を打つ無住となりし
この山寺に

後南朝の遁れし最後の天子の墓と伝へて守る
筋目の人らは

北朝と結びし和議も反古にされ吉野川上に果
てし命か

家　島

高波を窓にかぶりて吾の乗る船は行くなり家
島指して

関空の埋立てに使ひし石切場ひとつ小島をなかばまで削ぐ

海底に送水管引きし昭和まで島の飲み水船にて運びき

播磨の山コンビナートの吐く煙家島より見ゆ対岸に近く

光る海の切り立つ崖に波は寄せ島陰低く鳶の舞ふ見ゆ

天平八年遣新羅使人《けんしらぎしじん》は苦難の旅終へてはるば
る家島に着きし

土屋説万葉の室の木柏槇《びやくしん》は千年を超えて家島
に立つ

無患子《むくろじ》の木立の下に落ちし実を拾ひ静けしと
思ふたまゆら

後記

平成二十二年から二十四年までの作品六百三十二首をもって、第七歌集『源流』を編むことにした。満六十一歳から六十四歳までの作品であり、所属歌誌、総合誌等に発表した千四百二十首から自選し、「柊」で選をいただき、佐紀短歌会や雲水寺アララギ短歌会でご指導いただいている小谷稔先生のご校閲を得た。いつものことながら、誠に有難く、厚くお礼を申し上げたい。

本集は『定年』に続く歌集で、定年後、琵琶湖の山門水源や京都北山の賀茂川や桂川の源流等々、数多くの源流を訪ねて旅をし、歌を詠んだ。そこで、歌集名を『源流』とした。定年を機に、自らや自らの短歌等何事も源流（原点）に戻ってという思いを、そこに重ねてのことである。本集で、ふるさとや居住する大和の万葉の故地等を度重ねて訪ねているのも、現在「現代短歌」に、「アララギの系譜」と題する連載を執筆しているのも、そのような思いによるものである。

ところで、私は、晴耕雨読で、悠々自適の生活を夢見て定年を迎え、退職し、所有する四十坪の畑を耕し、奈良県立万葉文化館や橿原考古学研究所附属博物館のボランティアガイドをし、短歌や読書の他に、野鳥観察や遺跡探訪、水彩画やかな習字等趣味を広げ、各地への旅も重ねた。しかし、そのような平穏な日々ばかりが続くことはなく、四十歳目前の息子は結婚せず、娘は離婚、残っている兄姉は皆夫々に病み、あげくの果てに私まで癌告知を受けるに至った。更に、昭和四十七年の私の結婚以来、「アララギ」や「柊」「新アララギ」で選歌いただいた宮地伸一先生がご逝去になり、かつて、会社の千五百名を超える組織を預かり、東奔西走した東北の地が東日本大震災に襲われ、会社生活最後の出向先は、合併によって組織が変った。幸い、娘は再婚し出産、私の癌も誤診に終った。僅か三年間とはいえ、このような悲喜こもごもの日々で、この歌集にはそのような日々が詠まれている。

引き続き、代り映えのしない歌も多いが、少し動いているとすれば、そのような生活の変化があり、私なりに少し試みた作もあることによろうか。お読みいただいて、ご叱声を賜れば嬉しい。

思い返すと、昭和三十九年、高校入学の年に短詩型文学クラブに入会、短歌を詠み始め、昭和四十二年十月には結社に所属、その翌年以降四十五年間の歌を、七冊の歌集におさめてきたことになる。虚飾のない、生活の写実を通じてその生を写すというアララギの教え一途に詠み、それらの歌をおさめてきた七冊の歌集は、私の生そのものといってよい。これからも、そのような思いで、息のつづく限り詠み続けたく、よろしくご指導賜りたい。

最後に、本歌集についても、現代短歌社の道具社長、そして今泉洋子氏にお世話になった。厚くお礼申しあげる。

平成二十六年二月十六日

奈良西大和の自宅にて

横　山　季　由

著者略歴　横山季由《きよし》

昭和23年５月15日京都府綾部市に生る。綾部高校を経て、昭和46年大阪大学法学部を卒業、日本生命に入社。仙台総支社長等を経て、平成21年３月末定年退職。

昭和42年関西アララギ、昭和44年アララギに入会、現在新アララギ編集委員、北陸アララギ（柊）、放水路、林泉の各会員。大阪歌人クラブ理事、現代歌人協会、日本歌人クラブの各会員。

歌集に『峯の上』『合歓の木蔭』『谷かげの道』『風通ふ坂』『峠』『定年』（ともに短歌新聞社）、『昭和萬葉集（巻16・37頁）』（講談社）に掲載。著書に『土屋文明の跡を巡る』（正・続）、『土屋文明の添削』（ともに短歌新聞社）、『吉田正俊の歌評』（現代短歌社）、小市巳世司編『土屋文明百首』（短歌新聞社）62頁63頁を執筆。

歌集 源流

平成26年４月８日　発行

著　者　横　山　季　由

〒636-0071 奈良県北葛城郡河合町高塚台2-17-11

発行人　道　具　武　志

印　刷　㈱キャップス

発行所　**現代短歌社**

〒113-0033 東京都文京区本郷1-35-26
振替口座　00160-5-290969
電　　話　03（5804）7100

定価2500円（本体2315円＋税）
ISBN978-4-86534-016-7 C0092 ¥2315E